LES MONSTRES DE
FORT BOYARD

Du même auteur, dans la collection Rageot Romans :

Les disparus de Fort Boyard
Menace à Fort Boyard
Le secret de Fort Boyard
Le pirate de Fort Boyard

Du même auteur, en grand format :

7 heures pour sauver Fort Boyard

ALAIN SURGET

Illustrations de Jean-Luc Serrano

LES MONSTRES DE
FORT BOYARD

RAGEOT

Cet ouvrage a été imprimé sur un papier
issu de forêts gérées durablement,
de sources contrôlées.

Couverture et illustrations : Jean-Luc Serrano.

ISBN 978-2-7002-5469-3
ISSN 1951-5758

*Boyardville, sur l'île d'Oléron,
à la fin du mois d'octobre.*

Une visiteuse
bien curieuse

Le vent roule sur les flots et soulève des vagues argentées qui viennent s'écraser sur Fort Boyard. Il donne l'impression de tanguer tant la mer s'agite autour de lui et lance des paquets d'embruns contre ses flancs.

Depuis la fin de l'été, les équipes de télévision ont déserté les lieux, faisant du

Fort un navire de pierre abandonné et replié sur ses secrets. Seules les lumières du laboratoire continuent à clignoter en cadence et les appareils ronronnent doucement, tel un cœur qui bat au ralenti et conserve à la forteresse un infime souffle de vie.

Ce jour-là, Jérôme entre dans la chambre de sa sœur jumelle Émilie, tout excité.

– Descends vite ! Maman vient de rentrer de la gare de Rochefort avec Capucine. Tu as eu le temps de préparer ta chambre ?

– C'est fait. Capucine va pouvoir s'installer. Je suis impatiente de la retrouver !

Ça va faire trois ans qu'on ne s'est pas vues.

Capucine, leur cousine parisienne, vient passer les vacances de la Toussaint sur l'île d'Oléron. Elle est dans le vestibule, entourée de sa tante et de Damien, le grand frère des jumeaux, qui la débarrasse de son sac de voyage. Jérôme et Émilie dévalent l'escalier et se jettent dans les bras de Capucine.

– Vous avez drôlement grandi ! s'exclame-t-elle en les embrassant.

– On entre au collège l'année prochaine, annonce Émilie.

– Et moi, je passe mon brevet en juin, précise Capucine.

– Ces quelques jours chez nous vont te dépayser et te faire le plus grand bien, intervient la mère des jumeaux. Suis-moi, Émilie t'a laissé sa chambre.

– Et tu dors où ? demande Capucine à sa cousine.

– On a installé un matelas dans la chambre de Jérôme. Ne t'inquiète pas pour moi, ça ira très bien. Je suis tellement contente de te revoir !

Comme sa tante monte l'escalier qui conduit à l'étage, Capucine glisse à ses cousins :

– J'ai appris ce qui s'était passé à Fort Boyard. Je compte sur vous trois pour m'emmener le visiter. Le monstre est toujours là-bas ?

– Mathias n'est pas un monstre, corrige Jérôme. Il est un peu différent, c'est tout.

— Je ne parlais pas de Mathias mais du savant fou, rectifie Capucine. Si la police ne l'a jamais retrouvé, c'est qu'il se cache toujours dans le Fort. Je suis sûre qu'il existe des passages secrets et des pièces mystérieuses qui n'ont jamais été découverts.

— Oncle Blaise n'était pas seul, précise Émilie. Sa sœur Médusa était avec lui. Mais ils ont disparu tous les deux sans laisser de traces.

— Moi, je pense qu'ils ont réussi à s'enfuir par la mer, déclare Damien.

— Mais comment? objecte son jeune frère. La police cernait le Fort, et les plongeurs n'ont trouvé aucune ouverture dans le rocher qui aurait permis le passage d'un sous-marin.

— C'est bien ce que je dis! s'exclame Capucine. Ils sont toujours au Fort, tapis derrière les murailles. Je meurs d'envie d'aller là-bas. Et j'ai tellement envie de rencontrer Mathias ! C'est un héros du Fort, lui aussi.

– Moi, je n'ai pas du tout envie d'y retourner, se hérisse Émilie. Le goulp, les tigres, la fuite dans les souterrains, j'ai eu drôlement peur. Et puis la mer est mauvaise en ce moment, ajoute-t-elle.

– Tu ne t'ennuieras pas pendant tes vacances, dit Jérôme à Capucine. Il y a tellement de choses à faire ici. On a prévu des balades à vélo dans la forêt, la visite de l'île d'Aix, de La Rochelle. Le temps va passer si vite que…

– Moi, ce qui m'intéresse, c'est de visiter Fort Boyard, insiste Capucine. Je ne veux pas rentrer à Paris sans avoir vu les salles des épreuves et sans avoir parlé à votre ami Mathias. Sinon, ce ne seraient pas de vraies vacances, et je n'aurais rien à raconter à mes copines. Enfin, je veux dire, rien d'excitant.

La voix de sa tante retentit en haut de l'escalier.

– Capucine, tu viens ? Vous aurez tout le temps de discuter une fois que tu seras installée.

Capucine coule un regard implorant à Damien.

– Tu m'emmèneras ?

– On verra. Quand la mer sera plus calme peut-être…

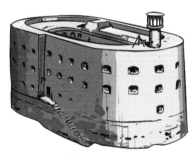

– Je comprends que Capucine veuille aller là-bas, glisse Émilie à Jérôme pendant que Capucine grimpe les marches quatre à quatre. Mais à chaque fois que nous avons posé le pied à Fort Boyard, il nous est arrivé des aventures terribles. Je me demande ce qui nous attend si nous y retournons…

– Oh, peut-être un nouveau membre de la famille d'oncle Blaise, se moque gentiment Damien, encore plus méchant que Blaise et Médusa réunis, et qui aurait l'intention de transformer l'humanité tout entière en… en…

– En crevettes grises, achève Jérôme en riant comme sa sœur hausse les épaules.

Cap sur Fort Boyard !

Le lendemain, la mer est paisible, le vent est tombé et les vaguelettes s'étirent sur la plage. Le soleil joue entre les nuages, dispensant sa clarté au gré de sa fantaisie. Dans le chenal qui borde la ville, des barques oscillent doucement en s'entrechoquant.

Damien et les jumeaux se promènent avec Capucine le long du quai de la Perrotine, lui racontant dans le détail leurs aventures à Fort Boyard.

Pour dissuader leur cousine de s'y rendre, Émilie exagère les dangers qu'ils ont courus : les deux savants étaient de redoutables criminels, leurs complices des créatures issues des abysses, les entrailles du Fort sont truffées de pièges, les murs se resserrent sur les intrus, les tigres rôdent dans les couloirs…

– Mais vous êtes revenus ! s'exclame Capucine. Ce n'était donc pas si terrible que ça.

– Nous ne sommes pas allés partout, précise Émilie. Il y a des caves remplies de scorpions, de serpents et d'araignées.

– Les animaux ne restent pas au Fort quand les jeux sont terminés, réplique sa cousine.

– Quelques-uns ont pu être oubliés, tente Émilie.

– De toute façon, il y a un guide au Fort, soutient la jeune fille, votre ami Mathias. Il ne s'est jamais perdu dans le labyrinthe souterrain, lui.

– Ce n'est pas un guide, relève Jérôme. C'est... c'est...

– C'est Mathias, souffle sa sœur. Tout simplement Mathias.

Capucine longe la file de barques en observant la mer.

– Le Fort n'est pas très loin du port, observe-t-elle. À peine à quelques coups de rames.

Comme personne ne répond, elle ajoute :

– On doit pouvoir louer une barque facilement, non?

– Il y a des compagnies qui proposent un circuit autour de…, commence Jérôme.

– Je ne veux pas tourner autour du Fort, je veux y entrer, l'interrompt Capucine. Et vous êtes les seuls à qui Mathias ouvrira la porte. La mer est calme aujourd'hui. Je ne reste qu'une semaine avec vous, si on y allait tout de suite ?

– La mer *paraît* calme, rectifie Émilie en insistant sur le verbe, mais en cette saison le vent peut se lever d'un coup, retourner ta barque et tu te retrouveras dans l'eau, ballottée au milieu des…

– Des requins, des pieuvres géantes et des bestioles cuirassées remontées des abysses, termine sa cousine en riant. Vous ne pensez pas que c'est une belle occasion de rendre visite à Mathias ? Nous serons de retour avant que votre père rentre du travail.

Voyant que ses cousins hésitent, elle renchérit :

– Allez ! On aura tout le temps de faire des balades et des visites plus tard. Vous n'allez pas me refuser ce plaisir-là.

Jérôme et Damien échangent un regard. Émilie sent qu'ils vont se laisser attendrir. Elle propose :

– Et si on invitait Mathias à la maison ?

Capucine la regarde avec une petite moue.

– Comme ça, tu aurais l'occasion de lui parler, poursuit Émilie.

Capucine secoue la tête, obstinée.

– Bon, soupire Damien, je ne veux pas gâcher tes vacances. On fait un aller-retour, c'est tout.

– Euh, vous me laisserez quand même le temps de jeter un coup d'œil à l'intérieur du Fort ?

– Juste une heure, pas plus, accepte Jérôme.

– Je connais le propriétaire de cette barque, reprend Damien en désignant une embarcation verte. Elle appartient à un voisin, il ne l'utilise que le week-end pour aller pêcher.

– Alors empruntons-la ! claironne Capucine. Et cap sur Fort Boyard !

Les garçons et leur cousine s'installent dans la barque.

– Attendez, s'écrie Émilie alors que Damien fixe les rames dans les tolets et que Jérôme commence à détacher l'amarre. Je vous accompagne. Mathias ne comprendrait pas pourquoi je ne suis pas venue.

Elle s'assoit à côté de Capucine, face à la mer. Puis Damien plonge les rames dans l'eau et ils s'engagent dans le chenal.

Dès qu'ils abordent la mer, l'esquif se met à danser sur les vagues, et Capucine se cramponne des deux mains au plat-bord sous le regard amusé de sa cousine.

Peu après, ils accostent le Fort et attachent la barque à un anneau scellé dans la muraille.

– Tu devrais appeler Mathias, dit Jérôme à sa sœur. Qu'il vienne nous ouvrir.

– Je ne suis pas sûre qu'il décroche, répond Émilie en faisant défiler les noms sur le répertoire de son portable. Il va se contenter d'écouter la musique.

– Alors utilisons une méthode ancestrale qui a fait ses preuves, suggère Damien en empoignant le heurtoir fixé sur l'épaisse porte en bois.

Bong ! Bong ! Les coups font vibrer le battant et se répercutent jusque dans le rocher. Jérôme et Émilie lèvent les yeux vers les remparts. L'attente se prolonge.

– Ce n'est pas possible, Mathias s'est endormi ! s'impatiente Capucine qui ne peut réprimer un frisson en contemplant le formidable vaisseau de pierre.

– Laisse-lui le temps d'arriver, lui conseille Émilie.

Des cris retentissent soudain au sommet du rempart :

– Yaoooh ! Yaoooh !

Les têtes se lèvent. Une silhouette agite le bras.

– Bons amis, bons amis ! lance une voix.

– C'est Mathias ! s'écrie Jérôme.

– Lalala ! Lalala ! chantonne le Quasi-modo, le téléphone collé à l'oreille et battant la mesure.

– Coupe la communication, recommande Damien à sa sœur. Sinon Mathias ne descendra pas.

Sa sœur referme son portable. Aussitôt Mathias se met à secouer son appareil pour en faire sortir les notes.

– Viens nous ouvrir, Mathias ! le hèle Jérôme. La petite musique est dans la boîte d'Émilie. Viens nous ouvrir et tu pourras l'entendre à nouveau.

– Mathias vient chercher la musique, clame l'étrange personnage. Ne la perdez pas ! Ne la perdez pas !

Une manette
dangereuse

Quelques minutes plus tard, la porte massive grince sur ses gonds. Une tête hirsute passe dans l'entrebâillement, deux yeux noirs fixent Capucine.

– Oh, oh, problème, problème, prononce Mathias qui ressemble à une grimace dans un corps tordu.

– Il est inquiet quand il rencontre une personne qu'il ne connaît pas, explique Damien à Capucine.

Jérôme présente la jeune fille.

– Mathias, voici notre cousine Capucine. Elle a très envie de visiter le Fort et elle voudrait faire ta connaissance.

Mathias ouvre la porte en grand. Désireuse de s'attirer ses bonnes grâces, Capucine s'approche de lui et lui tend la main.

– On m'a beaucoup parlé de vous… enfin de toi, rectifie-t-elle pour effacer toute distance entre eux. Tu passes aux yeux de mes amies pour le héros du Fort, et je suis très fière de te rencontrer.

Mathias en reste coi. Les yeux brillants et le sourire rayonnant de la jeune fille témoignent de sa sincérité. Le Quasimodo est très touché.

– Ca... Capucine a dit que Mathias était un héros. Un héros ! Capucine est la bonne amie de Mathias. Bonne amie ! Bonne amie !

Damien se penche à l'oreille de sa cousine et murmure :

– Tu as réussi ton entrée. À présent, tu peux te faire ouvrir toutes les portes du Fort. Des salles d'épreuves au laboratoire en passant par les cellules et les cages des tigres. Qui sait si Mathias ne va pas te montrer le goulp ?

– Ou la cache des savants fous, ajoute Capucine avec un petit frisson.

– Oncle Blaise et tante Médusa sont méchants, assène Mathias qui a entendu la remarque de Capucine. Ils ont voulu jeter Mathias dans le goulp et Gédéon dans l'aquarium. Méchants. Méchants.

Ils ne doivent pas revenir embêter Mathias et ses bons amis. Non, non, non ! Sinon aïe aïe aïe ! Viens, fait-il brusquement en saisissant Capucine par la main, Mathias va présenter Capucine à Gédéon. Gédéon est gentil. Très gentil derrière ses griffes. Gédéon sera très content de connaître Capucine, la nouvelle amie de Mathias.

Il l'entraîne à travers les couloirs du Fort, la forçant à courir.

– Qui est-ce, Gédéon ? questionne Capucine. Un tigre ?

– C'est son chat, répond Émilie qui descend quatre à quatre les marches derrière eux, ses frères sur les talons.

Un escalier en colimaçon mène à une porte en fer. Mathias l'ouvre, allume une rangée d'ampoules fixées sous la voûte. Les murs suintant d'humidité sont envahis de moisissure. Des volées de marches relient des galeries qui s'enfoncent dans la masse rocheuse.

– Hop ! Hop ! Hop ! s'écrie le Quasi-modo en sautant par-dessus les flaques d'eau croupie.

Sa main toujours serrée dans la sienne, Capucine suit Mathias avec enthousiasme malgré les murs sombres, les souterrains interminables et l'insupportable odeur d'algues pourries. Enfin, Mathias s'arrête devant une lourde porte blindée. Il fait jouer une clé dans la serrure et pousse le battant.

Capucine laisse échapper une exclamation de surprise.

Le laboratoire baigne dans une lueur verdâtre issue de hublots géants situés à une dizaine de mètres sous la surface de la mer.

Quelques lampes diffusent une lumière plus claire. Un entrelacs de tuyaux et de fils tombe du plafond et tisse un inextricable faisceau sur les murs. Des machines s'empilent les unes sur les autres, imbriquées dans un fouillis d'écrans, de cadrans, de manettes, de boutons clignotants...

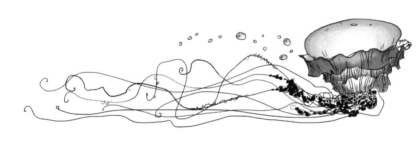

L'air vibre d'un bourdonnement continu, comme si le laboratoire à moitié assoupi n'attendait qu'un déclic pour s'éveiller.

– C'est... c'est fantastique, balbutie-t-elle, on se croirait dans un roman de Jules Verne.

– Gédéon ! Gédéon ! appelle Mathias.

Une boule noire se déplie entre deux piles de dossiers posés sur un bureau, fait le gros dos puis s'assoit, enroule sa queue autour de ses pattes et lève la tête pour une caresse.

– Les bons amis de Mathias sont revenus, annonce le Quasimodo à son chat. Capucine est une bonne amie. Bonne amie. Capucine a dit que Mathias était un héros. Si, si ! Si, si !

Capucine gratifie Gédéon d'un grattouillis sur le crâne mais son regard est posé sur l'aquarium géant que surplombe une passerelle.

À l'intérieur, cinq méduses se balancent, gonflant et dégonflant leur ombrelle. L'une d'elles, la plus grosse, gesticule d'une étrange manière, ses tentacules se tendent frénétiquement vers un levier fiché entre deux cadrans dont les aiguilles sont en perpétuelle agitation.

– Cette méduse n'est pas comme les autres, constate Capucine en s'immobilisant devant l'aquarium. On dirait qu'elle enfle ses joues pour parler.

C'est l'instant que choisit Gédéon pour sauter sur un ordinateur. Craignant qu'il piétine les touches du clavier, Mathias tente de le saisir mais il lui échappe.

– Bons amis, bons amis, implore le Quasimodo, aidez Mathias à attraper Gédéon. Si Gédéon détraque les machines, oncle Blaise ne sera pas content. Pas content du tout. Oncle Blaise a défendu de toucher aux appareils.

– Oncle Blaise ? s'étonne Capucine. Il est donc toujours au Fort ?

Comme Mathias ne sait trop que répondre, Damien lui vient en aide.

– Il veut dire que le laboratoire est imprégné de sa présence, mais oncle Blaise, lui, n'est plus ici. La police a fouillé tous les recoins du Fort. Ni Blaise ni Médusa n'ont été retrouvés.

– Pourtant la machine d'oncle Blaise fonctionne toujours, intervient Émilie. Si on la met en marche, elle pourrait déclencher des catastrophes.

– Attention, le chat s'approche du tableau de commandes, prévient Jérôme. Attrapons-le !

Tous se mettent à courir derrière Gédéon qui leur échappe en bondissant d'un appareil à l'autre. Tous sauf Capucine qui se demande à quoi servent tous ces boutons et ce levier planté entre les deux cadrans.

À ce moment Gédéon se jette dans ses jambes et la déséquilibre.

– Ah ! fait-elle en projetant ses mains en avant pour se retenir.

Ses doigts crochètent le levier sans qu'elle s'en rende compte. Aussitôt les aiguilles cessent de s'affoler.

Son équilibre retrouvé, Capucine se baisse pour saisir le chat Gédéon mais il glisse entre ses mains et fonce vers la porte à toute allure.

Alors qu'elle passe devant un hublot pour rejoindre ses cousins, huit longs bras et une masse brune se collent contre le verre, lui arrachant un cri d'effroi. Deux puissantes mâchoires s'animent et cherchent à mordre la paroi.

– C'est juste un énorme poulpe, la rassure Damien. Il ne mange que des coquillages et des crabes.

– Cette bête m'a vraiment fait peur. Elle est horrible avec ses rangées de ventouses blanches, ses mâchoires en forme de bec et ses yeux globuleux.

– Mathias veut montrer à Capucine le reste du Fort, s'écrie Mathias qui vient de faucher Gédéon au passage et le tient serré dans ses bras. Le labyrinthe d'Athéna, la fosse aux serpents, la cage des tigres, la Tour de Verre, le…

– Oh là, oh là, l'arrête Damien, nous n'avons pas le temps de tout visiter sinon nos parents vont se demander où nous sommes passés.

– Je reviendrai, promet Capucine. Pour aujourd'hui, la cour du grand alphabet, la fontaine aux boyards et la Tour de Verre suffiront.

Ils sortent du laboratoire en laissant la porte ouverte derrière eux. C'est alors que l'eau de l'aquarium se met à bouillonner. Un visage se dessine dans l'ombrelle de la plus grosse méduse et ses filaments frétillent en une danse de joie.

Des créatures inquiétantes

Quand Damien, les jumeaux et Capucine quittent Fort Boyard, Mathias est
sur le chemin de ronde et les accompagne
par de grands gestes.

– Bons amis, bons amis ! crie-t-il. Reve-
nez vite ! Mathias s'ennuie tout seul au
Fort !

Penché par-dessus le parapet, il agite les bras sans discontinuer.

– Il va finir par tomber, s'inquiète Jérôme.

– Je vais lui envoyer de la musique, décide Émilie. Il adore en écouter.

Les noms défilent sur le répertoire du portable, puis elle appuie sur une touche.

– Ça sonne, dit-elle. Mathias doit commencer à fredonner et à battre la…

– Ayaoh ! Ayaoh ! chante la voix de Mathias dans l'écouteur. Bons amis ? Capucine ?

– Il a répondu, s'étonne Émilie en raccrochant. C'est bien la première fois. Il a cru que Capucine l'appelait.

– Mathias devait être ému, déclare Damien. Maintenant qu'il sait qu'il est devenu son héros…

– Ayaoh ? Ayaoh ? clame Mathias dans son portable, mais il n'entend rien, alors il raccroche.

Il tapote sur l'appareil, le secoue, lui donne des claques. En vain, la petite boîte reste désespérément muette.

– Petit laboratoire cassé ? s'interroge le Quasimodo en se massant le crâne. Bons amis, bons amis ! appelle-t-il pour réclamer de l'aide.

Mais la barque est trop loin. Alors, dépité, Mathias décide d'aller dans la Tour de Verre pour regarder le soir tomber sur l'océan.

Tandis qu'il longe le chemin de ronde, un labrador se précipite vers lui. Mathias se fige et en bégaie d'étonnement.

– Un… un cabot ? Comment un cabot est arrivé au Fort ? Cabot était avec les bons amis ? Mathias n'a pourtant rien vu.

L'animal s'arrête devant lui et commence à lui lécher les mains.

– Oui, oui, bon cabot, bon cabot !

Mais soudain les mots se bloquent dans la gorge de Mathias. A-t-il bien vu ? Un tentacule en trompette remplace la queue du chien !

– Problème, problème, se rembrunit le Quasimodo. Mathias va enfermer Cabot dans la cage des tigres. Mathias ne veut pas que Cabot embête Gédéon quand il se promène dans le Fort. Non, non. Pas peur, pas peur, ajoute-t-il en empoignant le labrador, les tigres sont partis. C'est mieux, parce que sinon… krrr, krrr, krrr ! achève-t-il en riant.

À peine a-t-il emprunté l'escalier qu'un petit bouledogue se jette dans ses jambes et se met à aboyer, faisant tressaillir des tentacules qui sortent de ses babines. Mathias en reste pantois.

– Encore un clébard ? Encore des tentacules ? grogne-t-il, perplexe. Clébard va suivre Mathias et Cabot. Mathias ne jettera pas les bons chiens dans le goulp, non, non. Juste dans la cage des tigres ! Krrr, krrr, krrr ! glousse-t-il, amusé.

Mathias poursuit sa descente. Les chiens le suivent docilement, comme s'ils le connaissaient. Soudain un jappement joyeux retentit derrière lui. Mathias se retourne. Un fox-terrier dévale les marches, pressé de le rejoindre. Mathias ferme les yeux, bredouille quelques mots, les rouvre dans l'espoir que sa vision s'est effacée, mais le chien est toujours là, boule de poils bondissante qui lui tourne autour.

– Toutou, bon toutou, murmure Mathias pour le calmer. Toutou veut donner la papatte ?

Il prend la patte du fox-terrier dans sa main… et grimace aussitôt. Elle est couverte de ventouses.

– Bizarre, bizarre, rumine-t-il, songeur. Toutou, Cabot et Clébard vont venir avec Mathias dans la cage, ordonne-t-il aux animaux. Mathias reviendra jeter un os aux bons compagnons. Promis. Promis.

Il regarde autour de lui, baisse la voix et pose un doigt sur sa bouche.

– Mathias apportera aussi de la pâtée mais chut, il ne faudra pas le dire à Gédéon.

Les trois chiens sur les talons, il traverse la cour du grand alphabet dont les grilles sont restées relevées, et il se dirige vers une cage située en contrebas. C'est alors qu'une quatrième bestiole émerge de derrière la fontaine aux boyards : un griffon ébouriffé qui bondit vers Mathias comme s'il était son maître.

– Encore un chienchien ! lâche-t-il, incrédule.

Il se baisse pour le caresser. Le contact est foudroyant. Mathias saute en l'air en poussant un grand cri.

– Chienchien a brûlé Mathias ! s'exclame-t-il, outré. Pas bien. Pas bien du tout.

L'animal veut se frotter contre les jambes du Quasimodo qui recule pour échapper au pelage urticant.

– Toutou, Cabot, Clébard, Chienchien, dans la cage ! Allez ! Allez ! ordonne Mathias.

Il hausse le ton pour les forcer à obéir quand un coup sourd ébranle le Fort. Un coup surgi des profondeurs. Les chiens s'égaillent dans la cour en gémissant de terreur. Mathias lève les bras de désespoir et tente de les rappeler, sans succès. Il pense alors à Gédéon. Le matou doit paniquer, lui aussi. Vite, vite, le Quasimodo se hâte de retourner vers le laboratoire où il l'a laissé.

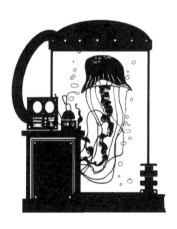

Lorsque Mathias parvient à la dernière galerie, plusieurs centimètres d'eau recouvrent le sol.

– Problème, problème, grommelle-t-il.

Car il est sûr que la galerie était sèche quand il a raccompagné ses amis.

Arrivant devant le laboratoire, il s'immobilise. La porte est entrouverte, les dalles sont noyées et… et… l'aquarium n'est plus là ! Ou plutôt, il est par terre, ses parois éclatées en milliers de cristaux qui craquent sous les semelles. La passerelle est suspendue en l'air, coiffant le vide.

– Que… que… qu'est-ce qui s'est passé ? Et les méduses ? s'affole-t-il. Où sont les méduses ?

Il se met à chercher sous les tables, dans les coins, dans le cagibi parmi les balais, les seaux et les serpillières. Les cinq méduses ont disparu.

Et Gédéon, lui, où est-il ?

C'est alors qu'une voix s'élève du siège placé face aux ordinateurs. Une voix que Mathias connaît bien…

– Il était temps! Et ce n'est pas grâce à toi que j'ai enfin retrouvé forme humaine!

Le siège pivote. La stupeur du Quasimodo est telle qu'il n'arrive plus à refermer sa bouche.

– On… on… on… onc…

Oncle Blaise! Gédéon sur ses genoux.

Le maître du monde

Oncle Blaise se lève lourdement et fait quelques pas maladroits. Gédéon en profite pour s'éclipser.

– Où vas-tu ? gronde le savant en voyant Mathias se précipiter vers la porte.

– Mathias court après Gédéon. Mathias n'a pas envie que Gédéon se fasse attaquer par Toutou, Chienchien, Clébard et Cabot.

– Tu restes ici ! aboie oncle Blaise en le foudroyant du regard. Ces chiens sont inoffensifs. Je les avais transformés en méduses avant de tomber dans l'aquarium. C'étaient mes sujets d'expérimentation.

La nouvelle sidère le Quasimodo. Il découvre à ce moment que la barbe du savant est constituée de petits tentacules noirs.

– On... oncle Blaise était dans l'aquarium, lui aussi ? C'était la cinquième méduse ? Celle qui gigotait en montrant la manette ? Krrr, krrr, krrr !

– Cesse de rire, idiot ! Tu vas nettoyer le laboratoire. Ensuite tu nourriras les quatre bestioles avec du plancton.

– Pas d'os ? Pas de pâtée ? Pas de bonnes croquettes au bœuf et au poulet ?

– Rien de tout ça ! assène oncle Blaise. J'ai un petit creux, moi aussi. Sers-moi un grand bol de plancton ! Une dernière chose. Sais-tu où est ma sœur Médusa ?

– Mathias ne sait pas, Mathias ne sait rien, répond le Quasimodo, terrifié à l'idée que Médusa puisse réapparaître, elle aussi.

Il court chercher une dose de plancton, la vide dans un bol d'eau et tend le récipient à son oncle. Celui-ci boit d'un trait puis sort du laboratoire, laissant Mathias au milieu de ses seaux et de ses serpillières.

Le savant franchit des galeries d'une démarche oscillante, comme si ses jambes avaient du mal à le porter. Un bruit de course retient un instant son attention, mais lorsqu'il voit le petit bouledogue détaler dans un tunnel adjacent, poursuivi par Gédéon, il hausse les épaules et remonte à l'air libre.

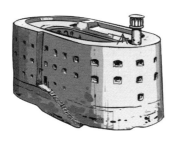

Une fois sur le chemin de ronde, oncle Blaise aspire à pleins poumons l'air frais marin qui lui a tant manqué ces dernières semaines. Les mains posées sur le parapet, il couve l'océan d'un regard de maître. Il songe au monde du silence qui règne sous la surface, à cette étendue infinie qui ne demande qu'à être soumise à un être supérieur. Lui-même.

– Mon expérience ne s'est pas déroulée comme je l'espérais, marmonne-t-il. Ces chiens et moi portons encore des traces de notre transformation. N'empêche, quelle joie quand cette sotte a actionné le levier !

Il tourne son regard vers la côte.

– Je vais reprendre mes travaux. Cette fois, je ne me contenterai plus de chiens trouvés pour me servir de cobayes, souligne-t-il avec un sourire de requin. Quel dommage que Médusa ne soit pas avec moi!

Il laisse errer sa pensée sur les vagues, sur les nuages qui viennent toucher les flots à la pliure de l'horizon. Un nouveau coup résonne tout à coup dans le Fort.

« Ce bruit vient des souterrains, réfléchit oncle Blaise. Et si…? Et si…? »

L'idée est folle, totalement délirante.

« Et s'il provenait du grand bassin secret? songe-t-il. Se pourrait-il que ce soit Médusa? »

Il fait demi-tour, s'engage dans un escalier en colimaçon, passe une porte dérobée puis s'enfonce dans le labyrinthe. Il a du mal à marcher, ses jambes se mettent parfois à frétiller sans qu'il puisse réprimer leur tremblement.

« J'ai dû mal connecter certains fils, se dit-il. Il en résulte des défauts dus à un mélange de molécules. Il va falloir que je remédie à tout cela. »

Enfin, il arrive dans un cul-de-sac. Il actionne un mécanisme secret. Le mur pivote, ouvrant l'accès à un étroit tunnel qui débouche sur une caverne située au niveau de la mer. Oncle Blaise plonge la main dans une cavité et appuie sur un interrupteur.

Deux néons clignotants diffusent une lumière crue, révélant une jetée dégagée par la marée basse ainsi qu'un Zodiac et une petite barque amarrés à l'appontement.

Mais ce qui attire surtout oncle Blaise, c'est le bassin expérimental connecté au laboratoire par une quantité de gaines partant d'un poste électronique.

– Médusa ! appelle-t-il. Médusa ? Tu m'entends ?

Un coup sourd lui répond, faisant vibrer les parois. Un remous agite l'eau, puis un énorme tentacule noir se hérisse et retombe dans le bassin, éclaboussant jusqu'à la voûte.

Oncle Blaise hoquette, les yeux rivés sur la méduse géante qui émerge, montagne visqueuse et transparente dans laquelle il distingue une esquisse de visage qu'il reconnaît pour sa sœur.

– Mais… mais, bredouille-t-il, pourquoi es-tu restée méduse ? Tu aurais dû redevenir toi-même comme moi et les chiens. Un mauvais contact entre le laboratoire et le bassin a certainement faussé la restructuration moléculaire. Je vais réviser les circuits, promet Blaise. Il me faut simplement du temps. Tu comprends que je ne peux pas ouvrir le souterrain pour te laisser rejoindre la mer. Tu serais vite repérée par les pêcheurs qui te pourchasseraient.

Médusa donne deux coups violents contre la paroi du bassin pour exprimer son mécontentement. Deux coups de colère qui résonnent dans la caverne et soulèvent des vagues.

– Ah, tu as faim sans doute. Comment faire ? s'interroge-t-il en passant une main dans les tentacules de sa barbe. Les réserves de plancton ne suffiront jamais. Vu ta taille, il te faut des mollusques, des crustacés, des poissons. Je vais envoyer Mathias en ville. Quand tu seras de nouveau à mes côtés et que nous aurons perfectionné nos appareils, nous lancerons

la vaste opération que nous avons projetée ensemble : renvoyer l'humanité à son
état originel ! Et le grand silence s'étendra
enfin sur la planète bleue.

Le monstre se laisse glisser lentement
dans l'eau en émettant un gargouillis
satisfait, provoquant des ondes de joie
méchante à la surface du bassin tandis
qu'oncle Blaise regagne rapidement son
laboratoire.

Rencontre à Boyardville

Le lendemain matin, Mathias s'empresse sur le marché de Boyardville. Il achète des poissons frais pêchés qu'il enfouit dans des sacs.

– Pour qui sont toutes ces sardines, ces maquereaux, ces mulets et ces bars que tu as achetés ? s'étonne un marchand. Tu as ouvert un restaurant au Fort, ou quoi ?

« Pas répondre, pas répondre, pense le Quasimodo. Oncle Blaise a dit qu'il jetterait Mathias dans le goulp si Mathias racontait qu'oncle Blaise est revenu. »

– Alors, tu as avalé ta langue ? insiste le pêcheur.

– Mathias nourrit son chat Gédéon.

– Tout ça pour un chat ? s'étrangle l'homme en riant.

Mais Mathias ne l'écoute plus, il court vers son canot, y range ses achats qu'il recouvre d'une bâche pour les soustraire aux regards, puis il se dirige vers un autre étal et achète des poissons de roche, des araignées de mer, des bigorneaux et des kilos de crevettes, des petites grises et des grosses rouges…

– Mathias va aussi prendre une belle sole, ajoute-t-il. La belle sole, c'est pour Mathias.

– Et le reste, c'est pour ton chat ? le raille gentiment la jeune vendeuse.

Mathias serre les lèvres pour ne pas répondre. Il paie puis, ployant sous le poids de ses sacs, il quitte le marché, pressé de regagner le Fort, quand un appel cristallin retentit dans son dos.

– Mathias ?

Il se retourne… Capucine ! Il se fige de surprise, se redresse et gonfle la poitrine.

– Mathias est un héros, déclare-t-il. Et Capucine est l'amie de Mathias.

Comme il regarde autour de lui, s'attendant à voir les jumeaux et Damien, Capucine lui annonce qu'elle est seule.

– Je fais un petit tour en ville pendant que les jumeaux réorganisent leur chambre car Émilie a mal dormi cette nuit, explique-t-elle. Quant à Damien, il répare les freins de son vélo. Mais dis-moi, tu prépares un banquet au Fort ? Laisse-moi t'aider à porter tes sacs.

Radieux, le Quasimodo lui tend tous ses sacs du marché, lui exprimant ainsi sa confiance.

– Oh là, c'est lourd, on partage, lui propose Capucine. La moitié chacun. Tu es venu comment jusqu'ici ?

– Mathias a gonflé un vieux canot pneumatique. Les méchants ont caché la barque de Mathias, la dernière fois[1], et Mathias ne sait pas où elle est.

Ils marchent vers le quai de la Perrotine, les doigts sciés par le poids des sacs.

– Mathias est venu dans le monde de Capucine, mais Mathias n'aime pas la ville. La ville fait mal à la tête de Mathias. Mathias a acheté une belle sole.

– Mais il n'y a pas qu'une sole dans ces sacs ! Qu'est-ce que tu vas faire de tout ce poisson ? s'étonne Capucine.

– Hum, hum, gronde Mathias qui ne veut pas répondre.

Capucine n'insiste pas. Arrivés près du canot, ils constatent avec effarement que les boudins sont en partie dégonflés.

– Problème, problème, Mathias ne pourra jamais retourner à Fort Boyard. Le canot va couler, Mathias va couler et oncle Blaise…

1. Lire *Menace à Fort Boyard*.

Il se rend compte aussitôt qu'il a libéré les mots interdits, lâche un sac et met sa main sur sa bouche.

– Mathias ne doit pas, Mathias ne doit pas, non, non, Mathias ne doit pas parler de ça.

– De quoi ? questionne Capucine, surprise.

– Mathias ne doit pas parler des méduses qui sont devenues des chiens, biaise le Quasimodo. Non, des chiens qui sont devenus des méduses… Non, non, des…

– Des méduses ? Des chiens ? répète Capucine. Je n'y comprends rien. Si tu veux, je t'emmène au Fort.

– Capucine a une barque ?

– Elle appartient à un voisin de Damien. Je l'emprunte et je te raccompagne... à condition que tu me laisses entrer dans les salles des épreuves. J'ai toujours rêvé de participer à une émission. Tu surveilleras les clepsydres pendant que je tenterai de rapporter les clés. Ce sera comme à la télé ! Tu veux bien ? Et puis nous retournerons visiter le laboratoire.

Mathias se gratte le sommet du crâne, signe d'une intense réflexion. Si Capucine passe les épreuves, elle n'aura pas le temps de retourner au laboratoire où travaille oncle Blaise.

– J'ai averti ma tante et mes cousins que je passerais la matinée en ville, précise Capucine. Je comptais manger un sandwich sur la plage et rentrer en début d'après-midi. Mais avec tout ce que tu as acheté, tu pourras bien me faire cuire un petit poisson, non ?

Mathias se laisse convaincre. Capucine au Fort ! Capucine au Fort avec Mathias ! Le Quasimodo croit rêver. Il ferme les yeux et inspire une grande goulée d'air.

– Mathias est d'accord. Mathias donnera la moitié de sa sole à Capucine, promet-il. Mathias a installé un brasero dans la Tour de Verre. Mathias et Capucine vont manger là-haut.

– Alors c'est d'accord. On va accrocher ton canot à la barque et le remorquer jusqu'au Fort, propose Capucine.

Ils s'installent dans la barque. Mathias empoigne les rames, dirige l'embarcation vers son canot, attache l'une à l'autre, puis il manœuvre la barque hors du chenal, fier et heureux de conduire Capucine dans son univers de pierres et de vent battu par les lames derrière lequel se cachent bien des pièges et des mystères.

Un signal
dans le laboratoire

Une fois au Fort, Mathias recommande à Capucine de l'attendre dans la Tour de Verre pendant qu'il va entreposer ses achats dans la chambre froide.

Dès qu'il a disparu dans les couloirs, elle se rend dans la cour de l'alphabet où elle s'amuse à sauter sur les lettres géantes qui composent son prénom.

C'est alors que le bouledogue déboule d'un escalier en jappant.

– Beurk, tu baves, le repousse Capucine comme le chien commence à lui tourner autour.

Quand un fox-terrier et un griffon jaillissent à leur tour dans la cour et se mettent à renifler dans tous les coins, elle estime plus sage de s'éloigner.

« Ces chiens n'étaient pas là hier, se rappelle-t-elle. Qu'est-ce que Mathias a dit, au juste, au sujet des chiens devenus des méduses ? Je ne sais plus. »

Elle remonte vers le chemin de ronde qui conduit à la Tour de Verre lorsqu'un labrador court vers elle.

– Mais qu'est-ce que c'est que ça ? s'étonne Capucine en découvrant le tentacule qui remplace la queue du chien.

Apparaît Gédéon que la colère a fait doubler de volume, grimaçant et crachant comme diable. Aussitôt le labrador s'enfuit. C'est à cet instant que Mathias revient, esquissant quelques pas de danse tant il est heureux de retrouver la jeune fille.

– Nous ferons cuire ta sole plus tard, lui dit cette dernière comme il lui agite le paquet sous le nez. Conduis-moi d'abord aux épreuves.

Ils se dirigent vers la galerie quand Gédéon file devant eux, poursuivi par les quatre chiens qui se sont regroupés.

– D'où viennent ces chiens bizarres qui ont envahi le Fort ? demande Capucine. Ils sont à toi ?

– Non, non, pas à Mathias. Les chiens sont à…

Il se mord la langue à temps, empêchant le nom de Blaise de sauter hors de sa bouche tel un crapaud coquin.

— Les chiens sont à Gédéon, reprend-il, fier de sa trouvaille.

— Au chat? s'étonne Capucine. Tu es sûr?

— Krrr, krrr, krrr! rit-il bêtement pour éviter de nouvelles questions.

Il pose son poisson à l'ombre du parapet puis mène Capucine jusqu'à la galerie flanquée de portes près desquelles des clepsydres sont fixées.

— Ouvre celle-ci! s'écrie la jeune fille en désignant la première porte sur sa droite.

Mathias sort solennellement une clé de sa poche.

— Le passe ouvre tout, sauf la porte du Fort, le laboratoire, les grilles des cages et des prisons, la Tour de Verre, la…

— Bref, rit Capucine, ton passe n'ouvre pas grand-chose.

– Si, si, le passe ouvre les portes des épreuves, annonce le Quasimodo en brandissant fièrement la clé. Même la salle des Maîtres-Tigres !

Mathias ouvre la première porte. Aussitôt un signal s'allume dans le laboratoire, attirant l'attention d'oncle Blaise.

– Mais… cet idiot a introduit une fille à Fort Boyard ? rugit-il en observant un des nombreux écrans qui couvrent un pan de mur. Hé, c'est celle qui est venue hier avec ces maudits jumeaux et leur frère !

Une bouffée de colère empourpre le savant. Il gonfle et dégonfle ses joues comme s'il expulsait un chapelet de bulles et ses membres sont parcourus d'ondes qui le font trembler tandis que les tentacules de sa barbe s'agitent en tous sens.

– Tu es venue au Fort, fille stupide, mais tu n'en repartiras pas ! s'exclame-t-il. Je vais faire de toi le sujet d'une grande expérience : une transmutation… que dis-je, une dématérialisation totale ! Je vais te transformer en krill, en plancton, en enzyme marin. J'espère que tu entreras dans la salle des rouleaux car alors je pourrai te capturer.

Trois épreuves

Capucine pénètre dans la salle d'épreuves. Mathias claque la porte dans son dos et retourne la clepsydre.

– La plate-forme basculante ! se réjouit Capucine. Je sens que je vais m'amuser.

Un très grand disque de bois repose sur un pivot. L'épreuve consiste à se tenir en équilibre à sa surface et à attraper la clé qui est suspendue au-dessus.

– Pfff, souffle oncle Blaise. Dépêche-toi de remporter cette clé et passe aux épreuves suivantes. C'est dans une autre salle que je pourrai mettre la main sur toi.

Capucine prend son élan pour bondir sur le plan incliné qui se redresse aussitôt, bascule de l'autre côté et tombe sur le ventre. Elle recommence, tombe à nouveau.

– Mathias, surveille l'horloge à eau, lance-t-elle, et préviens-moi quand il sera temps de sortir !

– Honhon, répond Mathias, honhon !

Après plusieurs tentatives infructueuses, Capucine réussit à stabiliser la plate-forme, mais alors qu'elle lève les bras pour saisir la clé, des coups résonnent contre la porte, l'avertissant que la clepsydre est presque vide.

– Ah ! lâche-t-elle, perdant à nouveau l'équilibre.

Elle se relève et s'empresse de sortir tandis que les dernières gouttes s'écoulent dans le récipient de verre. Mathias constate d'un air désolé que son amie revient les mains vides.

– Ne t'en fais pas, je réussirai la prochaine épreuve, promet-elle. Montre-moi vite de quoi il s'agit !

Assis devant ses écrans, oncle Blaise s'impatiente.

– Pfff, soupire-t-il à nouveau en la voyant entrer dans une deuxième salle. Hâte-toi de finir cette épreuve et rends-toi dans la salle des rouleaux.

Capucine sait qu'elle doit cette fois trouver la clé enfouie dans l'une des amphores qui s'alignent contre le mur... Ce serait facile si elles n'étaient pas remplies de larves immondes et de limaces visqueuses et dégoûtantes.

Elle prend une profonde inspiration, plonge sa main dans une amphore, seulement ne sent nul objet sous ses doigts. Elle passe au récipient suivant qui dégage une odeur d'urine de souris, mais ne trouve rien.

– Les amphores sont vides, crie-t-elle à Mathias. Les bestioles ont été enlevées...

Elle enfouit son bras dans un troisième vase d'où émane un relent à soulever le cœur. Elle retient sa respiration... et ressort la main toute dégoulinante d'une bouillie poisseuse.

« Pas de clé ici non plus, conclut-elle avec une grimace de dégoût. Où chercher ? » se demande-t-elle en regardant la dizaine d'amphores qu'il lui reste à explorer.

Elle les secoue l'une après l'autre, mais les poteries ne rendent aucun son, la clé n'est pas à l'intérieur.

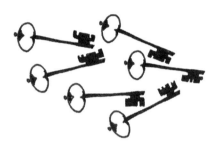

– Sors! Sors! crie tout à coup Mathias, affolé.

Capucine bondit hors de la salle comme les dernières gouttes s'écoulent dans la clepsydre.

– Mathias ouvre cette porte-ci? demande-t-il à son amie. C'est l'épreuve des étriers qu'il faut décrocher du plafond pour avancer.

– Tu ne connais pas une épreuve plus facile que je puisse remporter? Je commence à m'épuiser.

Mathias réfléchit.

Dans le laboratoire, oncle Blaise s'impatiente.

– Conduis-la dans la salle aux rouleaux ! Dans la salle aux rouleaux ! martèle-t-il comme si Mathias pouvait l'entendre.

– Mathias a trouvé ! s'exclame le Quasimodo.

Il prend la main de Capucine et l'entraîne juste au-dessus de la cour du grand alphabet.

– Bien, bien, jubile oncle Blaise. Tu l'emmènes dans la bonne direction. Ouvre-lui la porte de la salle des rouleaux, s'exclame-t-il.

Au moment où Mathias et Capucine arrivent dans la galerie, le griffon se précipite vers eux. Voulant protéger Capucine des décharges, Mathias ouvre la première porte venue et pousse son amie dans la salle. Puis, le dos contre le battant, il essaie de chasser l'animal par des « Pch ! Pch ! », des grimaces, des moulinets des bras, des coups de pied prudents, des menaces grognées.

– Bon Chienchien, finit-il par dire, tâchant de le convaincre de s'en aller par des flatteries, Mathias donnera une double ration de plancton si Chienchien fiche le camp.

– Il l'aura, sa double ration, se réjouit Blaise en se frottant les mains. Ce chien a fait entrer la fille au bon endroit.

Le savant est tellement excité que les tentacules de sa barbe frétillent.

Capucine, elle aussi, est ravie.

– Voilà une épreuve facile, dit-elle en s'allongeant sur le premier rouleau.

Elle prend garde à ne pas esquisser de mouvements brusques sans quoi il tournera sur lui-même. Elle l'enserre de ses bras et de ses jambes.

– Allez, allez, l'encourage oncle Blaise, pressé d'en finir.

– Aïe ! gémit Capucine, sentant le rouleau osciller.

Elle tâche de se redresser mais ne réussit qu'à accentuer le déséquilibre, et le rouleau tourne, la jetant par terre.

– Par toutes les vagues de l'océan, ce n'est quand même pas difficile ! enrage le savant. Recommence et va jusqu'au deuxième rouleau ! Je ne t'en demande pas plus !

Capucine remonte sur le rouleau. Elle progresse lentement. Tout à coup le rouleau oscille. Elle se fige, les bras tendus et les mains crispées. Le rouleau s'immobilise. La jeune fille reprend sa reptation. « Ça y est, se dit-elle, j'arrive au bout du premier rouleau. Le suivant est plus étroit. Passer de l'un à l'autre ne va pas être facile. »

Avec une lenteur calculée, elle se laisse glisser.

– C'est gagné, soupire-t-elle, s'accordant quelques secondes pour souffler.

– Maintenant ! s'écrie oncle Blaise en enfonçant un bouton avec un rictus carnassier.

Sur la galerie, Mathias tourne enfin la tête vers la clepsydre…

– Problème, problème, s'affole-t-il en se rendant compte que le filet d'eau s'amenuise.

Boum ! Boum ! Boum ! Il cogne la porte du poing et appelle Capucine, lui criant de sortir immédiatement. Mais…

– Trop tard ! se lamente-t-il quand la dernière goutte tombe dans le ventre du récipient.

Il se gratte la tête.

– Mathias ne va pas laisser Capucine enfermée, non, non ! Bonne amie, bonne amie. Capucine va venir manger la sole avec Mathias. Mathias va ouvrir à Capucine.

Il ouvre la porte, entre, cherche Capucine des yeux.

– Capucine ! appelle-t-il. Capucine ? Capucine joue à cache-cache avec Mathias, krrr, krrr, krrr.

Mais il a beau courir d'un coin à l'autre, force lui est de constater qu'elle a disparu.

Mais où est Capucine ?

Cet après-midi-là, à Boyardville, des monstres parcourent la ville en tous sens. Ce sont des vampires aux dents rouges, des sorcières au long nez et au chapeau pointu, des fantômes flottant dans des draps, des lutins avec une citrouille verte à la place de la tête…

Ils s'arrêtent à chaque porte, sonnent et présentent un panier à ceux qui leur ouvrent.

Malheur à celui qui ne leur donne pas de bonbons ! Les malédictions pleuvent alors sur les avares et les grincheux.

Bientôt, les monstres s'immobilisent devant la maison des jumeaux, se consultent du regard, et l'un d'eux, un jeune diable portant une fourche, enfonce le bouton de la sonnette.

Driiinnng ! La sonnerie s'éternise.

– J'arrive ! répond Émilie en dévalant l'escalier.

Elle ouvre, a un brusque mouvement de recul.

– C'est Capucine ? lance Damien depuis la cuisine.

– Non, ce sont les monstres de Halloween, annonce Émilie.

– Trick or treat? s'écrient les trolls, les sorcières, les morts-vivants et autres créatures infernales.

Ils présentent des faces grimaçantes et pointent le doigt ou le balai vers Émilie pour la menacer d'un sortilège. Elle essaie de reconnaître des élèves de son école, mais les déguisements sont particulièrement réussis. Elle attrape un paquet de bonbons posé sur un guéridon et elle en verse la moitié dans un panier que lui tend une momie emmaillotée dans des bandes chirurgicales.

– Demande-leur s'ils ont aperçu Capucine, insiste Damien. Elle devrait être rentrée depuis longtemps.

Mais les monstres ne la connaissent pas. Émilie s'apprête à refermer la porte quand un vampire aux dents vertes déclare :

– Moi j'ai vu Mathias ce matin, au marché. Il était avec une fille qui l'aidait à porter ses courses.

– C'était sûrement Capucine, suppose Jérôme qui s'est approché. Jamais Mathias n'aurait parlé à une inconnue.

– Quelle heure était-il quand tu l'as vue ? demande Émilie.

– À peu près dix heures, précise-t-il en prenant ses amis à témoin.

Quelques monstres hochent la tête pour confirmer l'heure.

– Tu peux me la décrire ? intervient Damien en sortant de la cuisine.

– Une brune, réfléchit le diable, à peu près de la taille de Mathias, mais beaucoup plus jolie, appuie-t-il avec un sourire. Elle portait un jean, un pull gris, un blouson… euh, je sais plus… Et des baskets roses ! s'exclame-t-il.

– C'est bien elle, affirme Jérôme. Tu sais où ils sont allés ?

Le diable fait la moue.

– Non, dit-il. Je les ai vus quitter le marché, c'est tout.

– Et personne d'autre parmi vous ne l'a vue ? insiste Damien.

Les monstres secouent la tête.

– Moi, avec mon masque, je ne voyais rien, avoue une sorcière.

– Moi non plus je ne voyais rien à cause de ma citrouille…

– Tant pis, soupire Damien en les gratifiant d'une nouvelle poignée de bonbons. En tout cas merci !

Il referme la porte puis se tourne vers Émilie et Jérôme.

– Papa et maman rentreront tard ce soir, ils dînent chez des amis, mais il vaudrait mieux que Capucine soit là quand ils arriveront. Et puis si elle est en retard, nous ne pourrons pas aller au cinéma comme nous l'avions prévu.

L'heure tourne sans ramener Capucine. L'inquiétude commence à les gagner d'autant qu'elle tenait absolument à voir le film. Émilie tente de l'appeler sur son portable. L'écran affiche « Pas de réseau ».

– Mais c'est impossible qu'il n'y ait pas de réseau à Boyardville ! remarque-t-elle.

– Et si elle était partie à Fort Boyard ? suggère Jérôme. Elle avait très envie de passer les épreuves.

Damien hausse les épaules.

– Je ne l'imagine pas ramer jusque là-bas.

– Elle a pu partir avec Mathias.

– Jérôme a raison, l'appuie sa sœur. Ils étaient ensemble ce matin. Je vais appeler Mathias. Pourvu qu'il décroche !

– Il ne répond pas ? interroge Jérôme comme la sonnerie s'éternise. Il doit écouter la petite musique, comme d'habitude.

– Ce que je ne comprends pas, relève Damien, c'est pourquoi la communication passe sur l'appareil de Mathias et pas sur celui de Capucine.

– C'est étrange, convient Émilie. J'espère qu'il n'est rien arrivé à notre cousine.

– Nous ferions bien d'aller en ville pour la chercher, propose Jérôme.

Leur première destination est la place du marché. Là, ils interrogent les commerçants, mais nul ne se souvient avoir aperçu Capucine.

– Séparons-nous, décide Damien. Allez jeter un coup d'œil dans les magasins. Moi, je m'occupe du bord de mer.

– Et si, se sachant en retard, Capucine était allée directement au cinéma en espérant nous y retrouver ? suggère Émilie.

– Oui, c'est possible, estime Jérôme.

– La séance se termine dans trois quarts d'heure, annonce Damien en consultant sa montre. Tu attendras à la sortie, dit-il à sa sœur, et, si tu la vois, attrape-la au passage. Donnons-nous rendez-vous ici dans une heure.

Chacun part de son côté, remontant les rues, entrant dans les magasins, questionnant les vendeurs…

Bientôt, Émilie se poste devant le cinéma tandis que Jérôme poursuit ses recherches dans un supermarché et que Damien parcourt plage et bosquets au pas de course.

Mais Capucine reste introuvable.

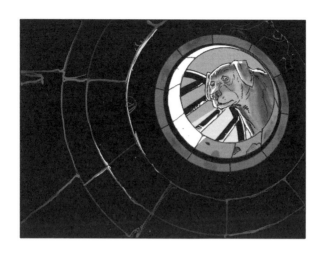

Dans la gueule
du goulp

Le rouleau s'est ouvert d'un coup sous Capucine, la happant comme une gueule de requin. Puis elle a glissé dans un conduit où régnait un noir absolu.

Elle a eu beau crier, elle s'est enfoncée dans les entrailles de Fort Boyard sans pouvoir se retenir aux parois. Et puis le choc final, brutal, l'a laissée étourdie.

Quand elle recouvre ses esprits, elle se rend compte qu'elle a atterri dans un puits dont la trappe est relevée, laissant pénétrer une faible lueur grise.

– L'ouverture est bien trop haute pour que je puisse l'atteindre, murmure-t-elle d'une voix étranglée.

Le trou béant par lequel elle a été précipitée dans le goulp est lui aussi hors de sa portée.

« J'ai été prise au piège de ce savant fou qui capturait les candidats lors des émissions pour les transformer en méduses[1], comprend-elle. J'étais sûre qu'il était encore dans le Fort. Ses installations auraient dû être démontées. J'espère que Mathias va me chercher. Il connaît bien le Fort, il doit savoir où je suis. »

Capucine commence à appeler.

– Mathias !

1. Lire *Les disparus de Fort Boyard* dans la même collection.

Soudain, elle entend un reniflement. Une tête apparaît au-dessus d'elle. Le labrador.

– Va chercher ton maître, va chercher ! lui ordonne-t-elle. Va chercher Mathias !

L'animal tourne autour du puits, curieux, quand soudain il est pris de panique et bondit de côté, heurtant la trappe qui s'abat dans un bruit de ferraille.

– Oh non ! s'écrie la jeune fille, plongée dans les ténèbres.

Là-haut, une fois le chien enfui, Gédéon s'assoit en maître sur l'abattant et commence à manger la sole qu'il a chapardée sur le chemin de ronde.

– Mathias ! Mathias ! appelle Capucine avant de s'effondrer en pleurs.

Mathias? Il court dans les souterrains du Fort à la recherche de Capucine. Il a fini par comprendre qu'elle avait été avalée par un des pièges qu'oncle Blaise avait installés dans les salles. Dans certaines, les murs s'ouvrent, dans d'autres c'est la voûte, dans la pièce des rouleaux… Mathias ne se souvient plus. Ce dont il est certain, cependant, c'est que tous les prisonniers terminent dans le goulp. Mathias court de plus en plus vite, il doit sauver Capucine. Elle a dit qu'il était un héros.

– Capucine, bonne amie, bonne amie! crie-t-il le long des tunnels, des larmes lui brouillant la vue. Mathias donnera toute la sole à Capucine, promet-il. Oui, oui, toute la sole.

Il s'arrête, hésite, se gratte le nez. Doit-il d'abord délivrer son amie ou aller cuire sa sole qu'il lui offrira dès qu'elle sera sortie du goulp afin de se faire pardonner de l'avoir poussée dans la salle des rouleaux?

– Ce n'est pas la faute de Mathias si Capucine est tombée dans le goulp. Chienchien lançait du courant électrique, marmonne-t-il pour justifier son geste. Chienchien est devenu une pile, krrr, krrr, krrr.

– Où vas-tu ? gronde une voix dans son dos alors qu'il s'engage dans une galerie menant au goulp.

Mathias a un haut-le-corps. Il se retourne.

Oncle Blaise est planté à deux pas de lui, les poings sur les hanches, le regard broussailleux et la barbe agitée de tressaillements.

– M... M... Mathias allait... bégaie le Quasimodo.

– Mathias n'avait pas l'intention de délivrer la sotte?

– Non, non, non. M… Mathias allait dans la Tour de Verre. Pour enrober la sole de farine et la faire cuire.

– Tu mens, Mathias, et je n'aime pas beaucoup cela! le menace oncle Blaise en fronçant les sourcils et en agitant un index devant son nez.

– Capucine…

– Quoi Capucine? C'est le nom de l'idiote qui est tombée dans le goulp?

– Bonne amie de Mathias, bonne amie.

– Tu les choisis mal, tes amis, grogne oncle Blaise. Tous des fouineurs, des ennemis de la science pure, des empêcheurs de transmuter en rond. La fille est au fond du puits, et elle y restera. Oh, les autres viendront certainement la chercher, mais ils ne la trouveront pas. Comme je n'ai plus d'aquarium, je vais noyer le goulp car j'ai besoin d'un corps plongé dans un liquide pour réussir mon ultime expérience : la dématérialisation.

Le Quasimodo prend un air atterré.

– Ca… Capucine va devenir une méduse ?

– Beaucoup mieux que ça !

– Un… un escargot de mer ?

– Non !

– Une… une toute petite petite crevette ?

– Tu n'y es pas. Tout juste une palpitation de vie d'une extrême transparence. Et si mon expérience réussit, je dématérialiserai les habitants de tous les pays, je les diluerai dans l'océan. Le monde s'en portera mieux. N'est-ce pas un projet magnifique ? Et tu voudrais le gâter en extirpant cette souris de son trou ? termine-t-il en le foudroyant du regard, ses tentacules frémissant d'indignation. Peut-être as-tu envie de finir dans le goulp, toi aussi?

– N… non, hoquette Mathias en roulant des yeux paniqués. Mais Mathias a promis de donner la sole à Capucine.

– Elle n'en aura bientôt plus besoin. L'idée même de manger lui sera inconnue. D'ailleurs, reprend Blaise après un court silence pour laisser à Mathias le temps d'assimiler ses mots, il n'y a plus de sole.

– Plus de sole? s'étrangle le Quasimodo. Mais Mathias a laissé la sole sur le chemin de ronde…

– Ton chat l'a mangée.

– Gédéon a bouffé la sole? Problème, problème, gémit le Quasimodo en se couvrant la tête de ses bras. Capucine ne sera pas contente, pas contente du tout, aïe aïe aïe!

– Bon, viens par là! s'énerve oncle Blaise en poussant un gros soupir et en empoignant Mathias par un bras.

Il l'entraîne le long de la galerie, le pousse dans le laboratoire, lui retire son portable et le propulse dans un réduit où s'entassent des seaux, des produits nettoyants et des balais, puis il le referme à clé.

— Tu resteras là-dedans le temps qu'il faudra, lui lance oncle Blaise à travers la porte. À présent, je dois m'occuper de Médusa.

Vengeance!

Médusa? Elle apparaît à la surface quand son frère s'arrête devant le bassin avec deux seaux remplis de crevettes, de coquillages et de poissons.

– Je t'ai apporté de quoi te nourrir, commence-t-il.

Un tentacule s'élève et retombe dans une grande gerbe d'eau.

– C'est une façon de me faire comprendre que tu es affamée, traduit oncle Blaise.

Il approche, vide ses seaux dans le bassin et regarde le monstre se jeter sur la nourriture.

— Quand tu auras terminé, je t'annoncerai une nouvelle formidable.

À peine a-t-il prononcé ces paroles que des tentacules noirs, épais comme un tronc, jaillissent de l'eau, fouettent l'air et viennent s'appuyer sur la jetée ainsi que sur les rochers qui limitent le bassin. Blaise a un mouvement de recul puis se reprend.

Médusa se gonfle et brasse l'eau du bassin en produisant des vagues immenses. Blaise comprend qu'elle s'impatiente.

– Les trois amis de Mathias sont revenus au Fort, explique-t-il. Ceux-là mêmes qui sont responsables de l'échec de notre grand projet. Cette fois, ils étaient accompagnés d'une fille prénommée Capucine. Ils sont entrés dans le laboratoire, et cette fille a enfoncé brutalement le levier du transformateur de particules, alors qu'il aurait fallu l'actionner avec doigté. À part cette barbe de tentacules, j'ai retrouvé mon apparence. Malheureusement, cela n'a pas été le cas pour toi : tu es devenue une… euh… formidable créature marine…

Un coup de tentacule claque contre la voûte, comme une bouffée de colère qui incite le bonhomme à aller à l'essentiel.

– Mais ne t'inquiète pas, cette fille est ma prisonnière. Elle croupit dans le goulp et je compte réaliser sur elle une expérience déterminante.

Médusa émet un bourdonnement et continue à battre l'eau, aspergeant son frère, les parois et la voûte.

– Je vais la transmuter génétiquement, la réduire en une myriade de crevettes. Mieux, en une explosion de bulles.

Blaise s'attache au visage de sa sœur visible à travers l'ombrelle de l'énorme méduse, et qui semble vouloir parler. Elle roule des yeux écarquillés et sa bouche s'ouvre et se ferme comme pour former des phrases.

– Je vais noyer le goulp, poursuit-il fièrement. Je vais poser des charges pour fissurer quelques parois, et la marée haute envahira les souterrains. Il ne me restera alors qu'à plonger dans le puits des électrodes reliées à la machine centrale, et Capucine disparaîtra dans un éblouissement.

Pour toute réponse, Médusa frappe le bord du bassin. Des coups violents, répétés, qui se répercutent en grondement d'orage. Blaise ramasse ses seaux et recule.

– Tu as encore faim? demande-t-il. Je reviendrai, mais avant je dois choisir les endroits où poser mes bâtons de dynamite. Je ne tiens pas à noyer le laboratoire ni à ce que Fort Boyard nous tombe sur la tête.

Médusa regarde partir son frère. Elle donne un dernier coup rageur contre le rocher. Sa bouche lance des mots muets et se tord dans des grimaces. Ses yeux sont deux éclats noirs brillant d'une rage sans pareille.

Ainsi, c'est à cause de cette fille qu'elle n'a pas retrouvé son apparence ! Eh bien elle se vengera. Et quelle meilleure vengeance que de lui faire subir des décharges urticantes qui déformeront son visage, ses bras, son corps tout entier ! Mais Blaise est trop occupé par ses grands projets pour lui amener Capucine !

Alors, en proie à une fureur guerrière, Médusa abat ses tentacules autour d'elle, fracassant la jetée, ébranlant les parois rocheuses, fendant la voûte. Enfin, épuisée, elle se laisse couler au fond du bassin, une esquisse de sourire étirant son visage. À présent, elle sait comment parvenir à ses fins. Oh oui, elle le sait !

Une décision

Damien est le premier à arriver place du marché. Ses recherches se sont révélées infructueuses sur la plage et dans les bois qui bordent la mer. Émilie ne tarde pas à le rejoindre, seule.

– Capucine n'était pas au cinéma, déclare-t-elle. J'ai attendu que tout le monde sorte…

Jérôme les rejoint peu après.

– Je suis même allé voir si elle ne jouait pas aux arcanes, souligne-t-il. Elle n'y était pas et personne ne l'a aperçue.

– Allons faire un tour du côté du chenal de la Perrotine, propose Damien. C'est le seul endroit qu'il reste à explorer.

Ils s'y rendent au pas de course, espérant retrouver leur cousine dans une des boutiques qui s'alignent le long du quai. Hélas, leur quête demeure vaine jusqu'au moment où, arpentant le chenal en direction de la mer, Jérôme constate que la barque verte a disparu.

– Monsieur Jonas est chez lui, rappelle Émilie. Il ne part pêcher que le week-end.

– Donc Capucine est allée à Fort Boyard, déduit Damien. Je m'en doutais.

– Ce n'est pas forcément elle qui a pris la barque, déclare Jérôme. Elle est peut-être encore en ville.

– Depuis ce matin ? s'étonne Émilie. Boyardville n'est pas grand. On vient de faire le tour de tous les endroits où elle aurait pu aller, et on ne l'a pas vue. Non, je suis sûre qu'elle est au Fort. L'absence de réseau sur son portable le prouve. Elle a dû suivre Mathias en barque pour lui éviter de la raccompagner.

Tous trois regardent la mer, craignant le pire. Mais non, aucune embarcation ne flotte à la dérive.

– Bon, qu'est-ce qu'on décide ? s'impatiente Jérôme.

Émilie tente une énième fois de rappeler Capucine et Mathias, mais soit son portable affiche « pas de réseau », soit il sonne dans le vide.

– Capucine est peut-être rentrée à la maison et elle attend devant la porte qu'on lui ouvre, suggère Jérôme.

Mais il a parlé d'un ton peu convaincu.

– Il vaudrait mieux que Capucine soit de retour avant nos parents, signale Damien. Je vais aller chercher une lampe et mon matériel d'escalade, à tout hasard. Attendez-moi ici.

Damien repart en courant pendant que Jérôme et Émilie fixent le Fort.

– Qu'est-ce qui s'est encore passé là-bas ? lâche-t-elle. L'absence de Capucine est vraiment très inquiétante.

– Même si elle a voulu tenter quelques épreuves, c'est bizarre qu'elle ait oublié l'heure à ce point.

– Elle est peut-être coincée dans une salle, et Mathias ne sait pas comment la faire sortir.

– Ce qui expliquerait pourquoi il n'y a pas de réseau pour l'atteindre sur son portable, renchérit Jérôme. Quant à Mathias, s'il est occupé à actionner les mécanismes pour décoincer les portes, relever les plafonds, soulever les grilles…

– … Il n'a pas la tête à répondre au téléphone, achève sa sœur.

Damien revient bientôt muni d'un sac à dos dans lequel il a enfoui son matériel.

– Laquelle on emprunte ? demande alors Jérôme en montrant les différentes embarcations amarrées au quai.

– Le canot à moteur. Je préfère économiser mes forces si je dois escalader la muraille.

L'instant d'après, Damien et les jumeaux bondissent sur les vagues en étirant un sillon d'argent derrière eux. Bientôt, ils abordent le Fort. Damien amarre le canot à côté de la barque verte.

– C'est bien ce que je pensais, Capucine est au Fort, indique Émilie en désignant la barque.

Jérôme actionne la poignée de la lourde porte, s'attendant à la trouver fermée.

– La porte est ouverte. Tu n'auras pas à escalader le mur, dit-il à son frère.

Poussant la porte, Damien précède les jumeaux à l'intérieur de Fort Boyard.

– Et maintenant, où chercher ? souffle-t-il.

– La Tour de Verre n'est pas allumée. Ils doivent être dans le laboratoire, suppose Jérôme. Toujours rien ? demande-t-il à sa sœur qui tente à nouveau de téléphoner.

Émilie secoue la tête puis range son portable dans sa poche.

– Pourvu que Capucine ne s'amuse pas à appuyer sur les boutons, dit-elle.

– Sinon on risque d'être transformés en méduses ou en poulpes géants, déclare Jérôme. C'est ce qu'oncle Blaise avait prévu.

– N'importe quoi, se moque Émilie. Nous risquons plutôt de tomber dans un des pièges dont il a truffé le Fort.

– Parlez moins fort, leur recommande Damien. Je n'aime pas cet endroit, j'ai la nette impression qu'il s'y cache quelque chose d'hostile, de maléfique. Suivez-moi jusqu'au laboratoire et ouvrez l'œil.

Damien allume sa lampe torche et descend l'escalier qui mène dans les entrailles de la forteresse, les jumeaux sur les talons.

La clé de la liberté

Capucine s'inquiète. Pourquoi Mathias n'est-il pas encore venu la sortir de ce maudit puits ? Elle a essayé de contacter ses cousins à l'aide de son portable, mais il affiche obstinément : pas de réseau.

Au moment où elle recommence à appeler Mathias, une forte explosion retentit. Le sol tremble, de la poussière de roche tombe sur ses épaules et sur sa tête.

– Que se passe-t-il ? s'effraie-t-elle. Mathias ! Mathias !

Le silence règne à nouveau. Capucine s'assoit, ramène ses jambes contre sa poitrine, les entoure de ses bras et reste immobile, le front sur les genoux, des larmes silencieuses roulant sur ses joues.

Soudain, une deuxième déflagration secoue le rocher. Capucine se redresse. Puis une troisième, plus proche.

Capucine hurle à se rompre les cordes vocales. De nouveau la pierre se tait. La tête bourdonnante, le cœur battant à un rythme désordonné, Capucine est agitée par des tremblements. C'est une accalmie trompeuse, un répit de traître, une tranquillité perfide. La jeune fille s'attend à chaque seconde à être précipitée dans le vide ou écrasée sous les pierres. C'est alors qu'elle se rend compte qu'elle patauge dans l'eau. De l'eau ? Mais le fond du puits était sec à l'instant !

Avec des gestes fébriles, elle ouvre son portable. Il s'allume, laisse flotter un espoir, pourtant, quel que soit l'appel lancé, les mêmes mots apparaissent sans cesse sur l'écran : « Pas de réseau ».

Coincé dans le cagibi entre les balais et les seaux, Mathias vient de faire une découverte intéressante. Entendant la sonnerie de son portable, il s'est accroupi pour regarder par le trou de la serrure afin de voir où oncle Blaise l'avait rangé, quand il s'est aperçu que la clé était restée dans la serrure.

– Oncle Blaise a oublié de retirer la clé. Elle est de l'autre côté du trou. Et oncle Blaise n'est pas dans le laboratoire !

C'est alors qu'une idée le traverse.

– Krrr, krrr, krrr, glousse-t-il avec un air de conspirateur, krrr, krrr, krrr.

Il glisse une serpillière bien à plat sous la porte du cagibi.

– Krrr, krrr, krrr, ricane-t-il. Mathias a une fameuse idée, oui. Mathias a vu ça à la télé, quand un méchant avait enfermé un gentil.

Il défait sa ceinture, introduit la pointe métallique dans la serrure et tapote sur le bout de la clé. C'est un travail long et fastidieux pour arriver à faire tourner la clé et l'amener dans l'alignement de la serrure, et le Quasimodo ressent les premières crampes dans ses jambes.

– Mathias est accroupi comme un crapaud, se lamente-t-il d'une voix chuchotée. Mathias n'est pas un crapaud, non, non.

Il se relève, se secoue, se masse les genoux.

– Mathias est un héros, Mathias est James Bond, Mathias est Superman, se persuade-t-il pour s'encourager.

Il reprend sa patiente manœuvre. La clé se place enfin dans l'axe. Alors, d'un bon coup de poing, Mathias la fait sauter hors de la serrure sur la serpillière. Il n'a plus qu'à la tirer vers lui. Il sourit quand subitement la serpillière lui est presque arrachée des doigts.

– Hééé ! C'est un des chiens, comprend-il comme il entend des grognements. Laisse la serpillière ! Laisse ! ordonne-t-il au chien qui s'amuse à la tirer dans sa gueule de l'autre côté de la porte.

Mais l'animal tire de plus belle sur la serpillière qu'il prend pour un jouet. Et la clé est projetée à un mètre de la porte avec un petit bruit de défaite.

– Ayaiii ! se désole le Quasimodo. Mathias ne peut plus sortir. Vilain chien, Mathias ne donnera pas de la pâtée à… à… à…

Il colle son œil sur le trou de la serrure pour apercevoir le chien. C'est le petit bouledogue qui secoue la serpillière et s'acharne à la déchirer.

– Clébard ! s'écrie Mathias d'un ton qui ne laisse rien présager de bon.

Soudain Clébard lâche la serpillière et s'enfuit à travers le laboratoire, poursuivi par un Gédéon au poil hérissé. Crachements, grondements, jappements retentissent. Clébard heurte la clé de la patte. Elle virevolte vers la porte, passe dessous et s'arrête contre la chaussure de Mathias.

– Krrr, krrr, krrr, fait le Quasimodo en la saisissant entre ses doigts, krrr, krrr, krrr.

Pendant ce temps, la mer s'engouffre à gros bouillons dans l'antre de Médusa mais elle n'est plus dans son bassin. Profitant d'une brèche ouverte dans une paroi, elle s'est échappée. Elle a suivi les galeries inondées et n'est plus qu'à deux couloirs du goulp. Elle est bien décidée à s'emparer de Capucine avant que son frère ne disperse la prisonnière entre deux eaux.

Elle cogne de toutes ses forces contre les murs de soutènement, élargissant les crevasses. Des pierres se déchaussent et tombent. Les flots se déversent en cascade et noient la galerie.

Les ampoules fixées au plafond éclatent les unes après les autres.

Alors, dans les ténèbres liquides, Médusa s'arc-boute contre la paroi et finit par l'enfoncer. Elle file ensuite le long du souterrain et parvient au labyrinthe d'Athéna qui n'est séparé du goulp que par une muraille d'un mètre d'épaisseur.

Mathias referme doucement la porte du laboratoire derrière lui. Il craint de s'aventurer dans les souterrains du Fort car oncle Blaise peut surgir à tout moment, mais il veut délivrer Capucine.

– Mathias désobéit, marmonne-t-il en s'engageant dans une galerie. Si oncle Blaise découvre Mathias, oncle Blaise jettera Mathias dans le goulp avec Capucine. Et alors, aïe, aïe, aïe !

Il perçoit soudain un bruit de pas, panique, cherche une cachette mais le mur est lisse et n'offre aucun recoin.

Il avise la lampe fixée sous la voûte, qui éclaire une portion de la galerie. Vite, il délace sa chaussure, la saisit à pleine main, se campe sous la lampe et la lance. D'un seul coup, il brise l'ampoule. Une ombre épaisse tombe aussitôt, permettant au Quasimodo de se fondre dans l'obscurité, le cœur battant à tout rompre.

C'est alors qu'une lueur s'allume et qu'un rayon balaie le sol à une vingtaine de pas devant lui.

– Une ampoule vient d'éclater, commente une voix. Heureusement que je me suis équipé de ma lampe torche.

Mathias sursaute. Il connaît cette voix. Ce n'est pas celle d'oncle Blaise. Une voix cristalline renchérit sur la première. Émilie! Le Quasimodo en éprouve un vif soulagement.

– Bons amis, bons amis! s'exclame-t-il en se relevant et en faisant de grands gestes.

Les jumeaux poussent un cri en voyant une forme jaillir de l'ombre.

– C'est Mathias, les rassure Damien. Tu nous as fait peur. Quelle idée de te tapir dans le noir pour nous sauter dessus! Capucine est au Fort?

– Problème, problème, avoue Mathias en baissant les yeux. Capucine est dans le goulp, et oncle Blaise veut transformer Capucine en...

– Quoi, oncle Blaise est revenu? s'écrie Jérôme.

La nouvelle les terrifie.

– Oncle Blaise était dans l'aquarium, précise Mathias. Mais oncle Blaise est sorti de l'aquarium et... et oncle Blaise a enfermé Mathias dans le cagibi.

– Et maintenant, où est-il? demande Émilie.

– J'espère qu'il n'est pas au goulp avec Capucine, s'inquiète Jérôme.

– Mathias a peur que si. Mathias s'est sauvé du cagibi. Mathias veut délivrer Capucine.

– Conduis-nous tout de suite au goulp! lui ordonne Damien. Si Blaise a touché à un seul cheveu de notre cousine, je...

– Attendez, bons amis, attendez ! les retient Mathias comme ils s'apprêtent à s'enfoncer dans le souterrain.

– Quoi ? s'impatiente Damien en se retournant et en braquant sa lumière sur le visage du Quasimodo.

– Mathias doit d'abord remettre sa chaussure pour marcher plus vite, explique-t-il en clignant des yeux.

Médusa attaque

L'eau a noyé la moitié du goulp et elle continue à monter. Capucine nage pour se maintenir à la surface. Elle espère pouvoir atteindre le couvercle de la trappe une fois que le puits sera entièrement rempli, le soulever puis se hisser au-dehors.

L'eau est froide, mais elle remue sans cesse les bras et les jambes, ce qui la réchauffe un peu. De temps à autre, elle se repose en se cramponnant aux aspérités de la paroi.

Tout à coup une énorme bulle éclate à deux doigts de sa tête, et Capucine se sent enveloppée dans une vague qui vient bouillonner à la surface.

Dans le labyrinthe d'Athéna, Médusa s'applique à arracher les blocs qui la séparent du goulp en enfouissant ses tentacules dans les interstices.

Déjà, de longs tentacules s'élancent à la recherche de Capucine, bientôt ils parviendront à la saisir.

Pendant ce temps Mathias et ses amis se hâtent vers le goulp.

– Capucine est la bonne amie de Mathias, rappelle le Quasimodo. Mathias va aider ses bons amis à sauver Capucine.

Mathias n'aura pas peur d'oncle Blaise, non, non. Mathias est un héros.

– Dépêche-toi de nous conduire là-bas, le presse Damien.

Un bruit métallique résonne tout à coup devant eux.

Ils pilent net.

– Il y a quelqu'un dans le souterrain, chuchote Damien. Juste après ce coude. Restez là, je vais voir.

Il s'approche à pas de loup, passe la tête à l'angle du mur et aperçoit le savant arrêté devant un poste électrique flanqué d'un énorme dérouleur supportant des dizaines de mètres de câble. L'homme farfouille dans le poste d'où pendent quantité de fils électriques.

Damien retourne sur ses pas et avertit ses compagnons.

– Problème, problème, grince le Quasimodo en se grattant le sommet de la tête. Oncle Blaise bloque le passage.

– On peut lui foncer dessus et l'assommer, propose Jérôme.

– C'est hors de question, déclare son frère, il va se défendre et vous pourriez prendre un mauvais coup. Il n'y a pas moyen de rejoindre le goulp par un autre chemin? demande-t-il à Mathias.

Le Quasimodo réfléchit.

– Si, si, Mathias sait, dit-il enfin, mais le chemin est plus long.

– Oncle Blaise a l'air bien occupé, souffle Damien. Cela devrait nous permettre d'arriver au goulp avant lui.

Mathias en tête, ils rebroussent chemin, s'engagent dans un étroit tunnel et se mettent à courir dès qu'ils sont sûrs que le bruit de leurs pas ne peut parvenir aux oreilles d'oncle Blaise.

– Pourvu qu'il ne soit pas trop tard ! s'inquiète Émilie. Pourvu que ce fou n'ait pas tenté une expérience sur Capucine !

Capucine est à bout de forces. Le couvercle de la trappe n'est plus qu'à une dizaine de centimètres, l'obligeant à renverser la tête pour respirer. Elle essaie une nouvelle fois de le soulever, mais il est trop lourd.

Sous elle, Médusa s'évertue à repousser les derniers blocs qui obstruent le passage. Elle fore, fouille, descelle, mais la brèche est encore trop exiguë.

Capucine a froid. Ses membres engourdis ne lui obéissent plus. Nager lui est devenu impossible. Elle s'accroche à une pierre en saillie, ferme les yeux.

– Je n'en peux plus… Je ne sens plus mes doigts… Je vais lâcher…

Soudain la trappe se relève. Une main plonge et agrippe son bras.

– Capucine ! souffle Mathias en la ramenant à la surface.

Puis il se met à crier son nom pour lui faire ouvrir les yeux. Damien se penche et attrape sa cousine sous les aisselles.

Médusa repousse le dernier bloc de pierre. Ça y est, elle peut passer. Elle se propulse en avant, monte droit dans le conduit. Les jambes de Capucine s'agitent faiblement dans un rond de lumière.

– Bonne amie, bonne amie ! s'écrie Mathias en aidant Damien à hisser Capucine hors de l'eau.

Capucine est sauvée. Il la dépose sur le sol sans apercevoir la masse blanchâtre qui vient d'apparaître à la surface du goulp.

Un super-héros

Médusa enrage. Sa proie lui a échappé.
Elle redescend lentement dans le goulp,
empourprée de fureur et de dépit mêlés.

– J'arrive à temps ! claque soudain la
voix d'oncle Blaise.

L'homme est rouge de colère et les
tentacules de sa barbe s'agitent en tous
sens. Il tient dans ses mains deux gros
fils terminés par des électrodes et reliés
à un câble qu'il a branché sur le poste
électrique.

– Reculez ! ordonne-t-il en les mena-
çant avec les électrodes, ou je vous
électrocute.

Il avance vers eux, les force à se ranger
contre un mur. Épuisée, Capucine n'a pas
la force de se relever.

– Toi, tu ne perds rien pour attendre,
jette-t-il à Mathias. La fille retourne
dans le goulp. Quant à vous trois, je vous
réserve un autre traitement, poursuit-il
en s'adressant à Damien et aux jumeaux.
J'ai besoin de cobayes pour de nouvelles
expériences.

Il s'approche de Capucine toujours à
terre et il la repousse vers le goulp.

– Ne la touchez pas! hurle Damien qui fait un pas en avant.

Oncle Blaise pointe les électrodes vers lui, l'obligeant à reculer. C'est alors que Mathias fonce sur le savant, le prenant au dépourvu. Évitant les électrodes, il l'empoigne à bras-le-corps, le secoue pour qu'il les lâche puis, ses forces décuplées, il le soulève et le précipite tête la première dans le puits.

– Méchant! Méchant! crie-t-il, prêt à repousser oncle Blaise dès qu'il émergera. Mathias ne te laissera pas faire!

– Mathias, tu es un super-héros, s'exclame Capucine qui se relève, soutenue par Émilie.

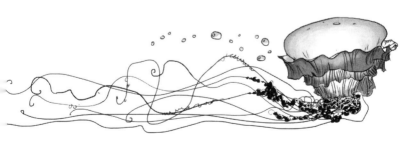

Médusa voit son frère s'enfoncer dans les eaux. Elle détend ses tentacules et l'attrape tandis qu'oncle Blaise expulse un chapelet de bulles en essayant de se libérer.

C'est l'instant que choisissent les quatre chiens pour surgir dans la galerie, tout excités à l'idée de jouer avec le Quasimodo et ses amis. L'un d'eux heurte le câble. Les électrodes tombent dans le goulp.

Aussitôt un éclair blanc jaillit et déclenche une explosion silencieuse accompagnée de décharges bleutées qui semblent se poursuivre dans les profondeurs liquides.

Mathias s'approche de Capucine, pose une main sur son épaule et dit très doucement :

– Oncle Blaise est parti dans le goulp. Quand oncle Blaise ressortira, Mathias enfermera le méchant dans le placard à balais, et Mathias fera attention à ne pas laisser la clé sur la porte.

Il sort la clé de sa poche et la montre à ses amis.

– Ce n'est pas dans un cagibi mais en prison qu'oncle Blaise doit être enfermé, déclare Damien.

– Il met bien du temps à émerger, note Jérôme. J'espère qu'il n'a pas trouvé le moyen de s'enfuir en se faufilant par une brèche.

– Il s'est noyé, estime Émilie.

– Pas sûr, rétorque Damien. Jérôme a peut-être raison : oncle Blaise a pu s'enfuir par une galerie sous-marine.

– Alors il resurgira un jour ou l'autre, suppose sa sœur.

– La police va explorer le goulp, reprend Damien. Si oncle Blaise est coincé quelque part, elle le retrouvera.

– Capucine doit se sécher, intervient le Quasimodo. Après, Mathias fera cuire un poisson. Mathias ne peut plus donner la sole à Capucine. Ce coquin de Gédéon l'a mangée.

Capucine lève sur Mathias un visage fatigué et lui sourit.

– Ce n'est pas grave, répond-elle. Je te remercie de m'avoir sauvée. J'ai encore du mal à croire à ce qui vient d'arriver.

– Il faudra que tu nous racontes tout, dit Jérôme. Et que tu nous expliques d'où viennent ces chiens, ajoute-t-il en s'adressant à Mathias. On dirait qu'ils ont été croisés avec des méduses.

– Encore une expérience du savant fou qui a mal tourné ! s'exclame Émilie. À propos, où est-ce qu'il se cachait ?

– Dans l'aquarium, précise Mathias. Avec les méduses… enfin avec les anciens chiens qui sont maintenant d'anciennes méduses et… euh…

Ses amis le regardent sans comprendre. Alors Mathias, pour éviter les explications, se retranche derrière son krrr, krrr, krrr le plus idiot.

Des myriades de micro-organismes retombent au fond du goulp comme une pluie de lumière. Oncle Blaise et Médusa ont été réduits à une nuée de krill qui s'étire lentement par les galeries avec le reflux de l'océan.

Plus tard, quand le goulp a retrouvé son niveau le plus bas, les multiples particules des deux savants se regroupent dans le bassin d'expérimentation situé dans l'antre de Médusa. Là, elles tentent de s'accorder, de nouer des filaments de pensées, de concentrer des bribes d'idées.

Peu à peu une conscience renaît, une intelligence se modèle, un souvenir éclôt, une communication extra-sensorielle se constitue.

« Mathias… Mathias… Mathias… »

Épilogue

En ce dernier jour de vacances, Mathias est venu à Boyardville pour assister au départ de Capucine, laissant le Fort aux mains d'une équipe de scientifiques ayant pour mission de débrancher les appareils du laboratoire.

Capucine est devant la maison avec Mathias et ses cousins, attendant que sa tante sorte la voiture du garage pour l'emmener à la gare de Rochefort.

147

– Fort Boyard va donc devenir un fort comme les autres, soupire la jeune fille, une pointe de déception dans la voix.

– Oh, ce n'est pas encore fait, rectifie Damien. Et puis il y aura toujours les jeux. D'après le policier qui a suivi les deux affaires précédentes, le Fort recèle encore bien des secrets. Oncle Blaise n'a pas été retrouvé et le laboratoire n'est pas près d'être démonté.

– C'est en effet une curiosité scientifique, appuie Jérôme. Des chiens métamorphosés en méduses puis retransformés en chiens, ce n'est pas à la portée du premier savant venu.

– C'est certain, approuve Émilie. Il faut être complètement fou pour pratiquer ce genre d'expériences.

– Et tu es sûr qu'oncle Blaise était dans l'aquarium ? demande Capucine en se tournant vers Mathias.

– Oncle Blaise était la cinquième méduse, affirme le Quasimodo. La méduse essayait de parler à Mathias, mais Mathias ne comprenait pas. Blup blup ! fait-il en gonflant ses joues pour imiter la bestiole.

– J'ai remarqué qu'il y en avait une au comportement étrange, reconnaît Capucine, mais de là à prétendre que c'était le savant fou…

– Pourtant il m'a semblé que la barbe d'oncle Blaise n'était pas faite de poils mais de petits tentacules, avance Damien. Vous ne l'avez pas remarqué ?

– Oncle Blaise me faisait si peur avec ses électrodes que je ne l'ai pas vraiment regardé, répond Jérôme.

– Il aurait fallu le capturer pour en avoir le cœur net, ajoute Émilie.

– N'empêche, les chiens sont bien des hybrides, eux, reprend Damien. Ils portent des tentacules et des ventouses. Au fait, est-ce que les scientifiques vont les emporter?

– Non, déclare le Quasimodo. Mathias veut garder Clébard, Cabot, Toutou et Chienchien au Fort. Les chiens sont les compagnons de jeu de Gédéon, et Mathias ne veut pas que…

– J'espère que tu les as bien cachés, relève Émilie, sinon tu ne les retrouveras pas à ton retour.

– Mathias a enfermé Toutou, Chienchien, Cabot et Clébard dans le placard à balais. Et Mathias a recommandé à Gédéon de ne pas gratter à la porte pour exciter ses bons compagnons.

– Et tu crois vraiment que les scientifiques ne vont pas les découvrir? s'étonne Capucine comme la porte du garage s'ouvre.

– Hé, hé, Mathias est malin. Mathias a gardé la clé, fait-il en l'exhibant triomphalement. Krrr, krrr, krrr.

La voiture sort, la mère des jumeaux au volant.

– Capucine ! appelle-t-elle. C'est le moment de nous mettre en route sinon tu vas rater ton train.

Capucine embrasse ses cousins puis son héros avant de monter dans la voiture.

– Capucine a embrassé Mathias, souffle le Quasimodo. Bonne amie, bonne amie !

Il agite la main jusqu'à ce que la voiture disparaisse, et il reste un moment à regarder la rue, le cœur serré.

Cette nuit-là, à Fort Boyard, Mathias dort d'un sommeil sonore lorsqu'il est brutalement réveillé.

– Oncle Blaise ? Tante Médusa ?

Il ouvre les yeux, tâte sa couverture dans le noir et rencontre le corps chaud de Gédéon. Si le chat est là et qu'il dort comme un bienheureux, c'est qu'il n'y a aucun méchant dans les parages. Et puis les quatre chiens qu'il a laissés courir dans le Fort n'ont pas donné l'alarme. Dans ce cas, pourquoi pense-t-il si fort à oncle Blaise et à tante Médusa ?

– Mathias a cru qu'oncle Blaise et tante Médusa appelaient Mathias, dit-il à son chat. Mathias a fait un cauchemar, oh oui, sûrement un cauchemar. Mathias ferait bien mieux de rêver à Capucine. Bonne amie, bonne amie… murmure-t-il en sombrant dans le sommeil.

« Mathias… Mathias… Mathias… » appellent les voix mêlées d'oncle Blaise et de tante Médusa.

TABLE DES MATIÈRES

Né à Metz en 1948, **Alain Surget** a très vite compris que voyager dans sa tête lui permettait d'aller aussi loin que par le train ou l'avion. Et avec moins de risques. Alors il n'hésite pas à traverser monts et forêts pour aller se frotter aux loups et aux sorcières.

Voyageant aussi dans le temps, on le retrouve au fond des pyramides, sur la piste du Colisée et sur le pont des navires pirates.

Pourtant, il lui arrive également de se déplacer réellement pour se porter à la rencontre de son public.

Alain Surget vit actuellement dans les Hautes-Alpes, au pays des loups.

☁ L'ILLUSTRATEUR

Né en 1961, **Jean-Luc Serrano** s'aperçoit vite qu'il aime raconter des histoires en images. Il se lance avec enthousiasme dans la bande dessinée et illustre la série *Taï Dor* durant quelques années avant de partir aux États-Unis, où il travaille sur les films d'animation d'un grand studio de Los Angeles.

Revenu en France, c'est avec le même enthousiasme qu'il met en images albums, romans, films d'animation.

Dans la collection **RAGEOT** *Romans* :

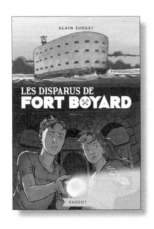

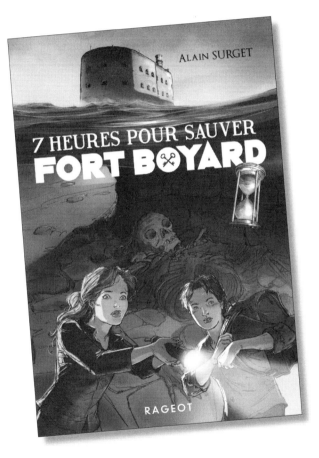

Et en grand format !

Retrouvez la collection

sur le site www.rageot.fr

RAGEOT s'engage pour l'environnement en réduisant l'empreinte carbone de ses livres. Celle de cet exemplaire est de :

620 g éq. CO_2

Rendez-vous sur www.rageot-durable.fr

PAPIER À BASE DE FIBRES CERTIFIÉES

Achevé d'imprimer en France en août 2017
sur les presses de l'imprimerie Jouve, Mayenne
Dépôt légal : mars 2017
N° d'édition : 5469 - 03
N° d'impression : 2590097Z